未读 ADR | 文艺家

SÄMTLICHE
GEDICHTE

Matthias Politycki

在光与万物
背后
81首诗

[德]马蒂亚斯·波利蒂基 ——————— 著

胡蔚 等 ——————— 译

贵州出版集团

贵州人民出版社

目录

中文版序言

2018 年 9 月 21 日，我受邀参加一个在南京举办的诗歌节。每位诗人只允许朗诵两首诗，我选择了《空杯》和《我这样的人为何在坏天气里跑步？》，后面这首诗用格律表现出了长跑者的步伐节奏。这是我经历过的最美好的朗诵会之一，听众很快注意到了诗歌的节奏感，不需要翻译。朗诵结束后，很多人过来与我交谈，试着用德语念出第一句，"Laufen, laufen, nichts als laufen"（跑呀跑呀，只管跑呀）。在这个诗歌之夜，声韵跨越了语言的障碍，将听众和诗人联结到了一起。

那时，正是我担任上海市驻市诗人期间。从南京回来后不久，北京大学德文系的胡蔚老师邀请我进行一次题为"自然之诗与诗之自然"的演讲。这次，我可以选择 15 首自然诗朗诵并讲解，我的诗歌再次被译成了中文，在北京大学的课堂里公开朗诵。这次活动同样让我难忘。演讲结束后，我有些唐突地向胡蔚提议，也许我们可以利用这次契机，翻译更多的诗歌，出版一本诗集。胡蔚欣然同意。

我和胡蔚是十年前在沃尔夫冈·福吕瓦尔德（Wolfgang Frühwald）教授的师门聚会上认识的。福吕瓦尔德教授是胡蔚的博士生导师，我多年前曾在慕尼黑大学担任教授的助理。所以，如果没有福吕瓦尔德教授，就不会有这本诗集。福吕瓦尔德教授得知我们正在合作，非常欣喜。遗憾的是，我们精神上的父亲，著名的德国浪漫主义诗歌研究者，没能看到这本诗集出版，他于 2019 年 1 月 18 日在奥格斯堡的家中离世。为了纪念他，胡蔚和我决定将这本诗集敬献给他。

在这之前，"未读"已经准备出版我的一本关于旅行的散文集《美丽、遥远又野性》。从上海回到德国后，又一个好消息从中国传来，中国作家协会邀请我 2019 年春天去北京。2019 年 3 月 26 日，"未读"被我们的热情感染，签署了诗集出版合同。胡蔚和她的学生着手翻译我的诗歌，我们在北京歌德学院举办了一次诗歌翻译工作坊，和译者一起讨论了诗歌翻译中许多有趣的问题。"未读"开始计划 2020 年两本书的首发。

可是，这一切，都因为新冠疫情而不得不推迟了。我在写下这篇序言之时，德国的边界依然处于关闭状态。谁也不知道我什么时候还能再去中国。非常遗憾，多么希望能在新书首发式上与大家一起庆祝，亲自向参与这两本译著出版的所有朋友表示感谢。尽管如此，翻译和出版工作正在有条不紊地进行，我希望，我的诗歌也能被中国读者喜欢，在耳朵和情感上产生共鸣。我们有着各自不同的历史、文化和政治背景，而人类共同的情感将我们联系在了一起：爱、渴望、对死亡的恐惧、对自然的欣喜、和朋友在一起时的兴奋。这难道不正是诗歌最擅长的吗：超越时间和空间的约束，在也许永远不可能相遇的人之间建立桥梁，让陌生人彼此了解，像真正的朋友一样，共同分担喜悦和苦难。正是出于这样的信念，我写下了这些诗歌。每当我身处异乡，孤独而悲哀，我总是在完成一首诗后，与想象中的读者对话。这样，即便我身处最为糟糕的境地，也从未真正感到过孤独。这个单纯的念头总会给我带来安慰，经常让我感到振奋。而您，中国读者，成了我现在的对话伙伴。对此，我非常感激。

也许您读完这本诗集后会问：为什么关于中国的诗歌并不多？我也在问自己这个问题。1985 年，我第一次踏上中国的土地，至今已经去过中国六次，加起来，我在中国已经度过了将近半年的时光。我关于中国的作品大多不是诗歌。诗歌是忧愁而孤独的产物，我在心情愉悦的时候不写诗。显然，我在中国的大多数时间里是幸福的——这是我对于这个问题简单而又珍贵的回答。

马蒂亚斯·波利蒂基

德国汉堡，2020 年 5 月 24 日

胡蔚 译

译者前言

"在光与万物背后"
——马蒂亚斯·波利蒂基的"新可读主义"

马蒂亚斯·波利蒂基是德国文坛上一个独特的声音。他1955年出生于卡尔斯鲁厄，在慕尼黑郊区度过了童年和青少年时期，大学在慕尼黑和维也纳学习文学、哲学和戏剧，很快在学术界崭露头角，1987年以论文《所有价值的颠覆？尼采评论中的德语文学》(*Umwertung aller Werte? Deutsche Literatur im Urteil Nietzsches*) 在慕尼黑大学获得博士学位，并在慕尼黑大学德文系获得了助理教授的职位。任教三个学期后，他认为自己无法同时兼顾写作和学术，辞去了稳定的大学教职，追寻少年时的梦想，成为一名自由作家。1987年，他发表第一部小说《突围：或曰彩虹的剖析》(*Aus Fälle / Zerlegung des Regenbogens. Ein Entwicklungsroman*)，这是一部成长发展小说，一种德意志传统的文学体裁，从中世纪的《帕齐法尔》、巴洛克的《痴儿西木传》，到歌德的《威廉麦斯特》、黑塞的《荒原狼》，这些文学名著都是德语文学史上重要的成长发展小说。波利蒂基的创作既在传统中，又反传统而行，因其鲜明的先锋派姿态，他被认为是阿诺·施密特和詹姆斯·乔伊斯的传人；他的成名作《婆娘小说》(*Weiberroman*,

1997 年）同样具有实验性，被评论界封为德国"后现代主义文学"的代表作。波利蒂基很快厌弃了离开内容、单纯追求形式新奇的写作方式，提出了德语文学"新可读主义"（die neue Lesbarkeit）的主张。他认为文学实验的先锋派往往"除了语言一无所有，结不出果实"；好的文学作品应该"以生命去讲述，渴望被人理解"，因为"写作不仅是一种使命，也是一种职业，是一种有几百年历史的服务工作，作为服务者的作家，应该尽可能出色地完成他的工作，从而使他的顾客——也就是读者——感到满意和愉快"[1]。波利蒂基"新可读主义"的矛头直指德国文学注重哲学思辨、轻视叙事技巧的传统，认为晦涩玄奥、曲高和寡的文学风格并非必然是某种内在思辨性的体现，而往往是作家出于个人英雄主义，企图以文字标新立异，不尊重读者感受的结果，是一种渎职。

波利蒂基从"后现代主义"到"新可读主义"的转型，在某种程度上，折射出了他这一代作家在战后德国反思战争罪责的话语中"突围"，寻找个人风格的努力。学院派出身的波利蒂基，对自身的写作定位不是感性的、随意的，而是有着明确文学史意识的，他在《婆娘小说》发表后，多次在媒体采访中提出"78 一代"作家的概念，以区别于年长一辈的"68 一代"作家，即出生于第二次世界大战期间一代人对历史的执念。例如，君特·格拉斯、齐格弗里德·伦茨、马丁·瓦尔泽等，这代人亲历了二十世纪的重要事件：第二次世界大战、战后重建、68 学生

1　见本书后记马蒂亚斯·波利蒂基《自然之诗，城市之诗，爱情之诗，生活之诗——为何写诗及对诗歌的期待》。

运动等，作品多以宏大历史叙事和反思德意志民族战争罪责为题材。活跃在当代德语文坛的另一个作家群体就是成长于前东德的作家，年长者如克里斯塔·沃尔夫，年青一代如英果·舒尔策、杜尔思·格律拜恩等，前东德作家在两德统一之后经历的巨大落差，也催生出一批优秀的"转折文学"。波利蒂基这一代出生在战后西德的作家，成长时期正好赶上德国经济起飞，较之父辈，他们的生活优渥、平静，受到了良好的教育，具有国际视野，却没有战争带来的切肤之痛，而这历史的重负对于作家往往是宝贵财富。近年获得诺贝尔文学奖的德语作家君特·格拉斯、赫塔·米勒、彼得·汉德克的际遇就是例证：君特·格拉斯作为年轻士兵亲历"二战"；赫塔·米勒罗马尼亚的德裔，在东欧剧变前"叛逃"到西德；彼得·汉德克的家族在波黑战争中失去了亲人。他们肩负国家、民族和家族的集体伤痛，胸中都有历史的块垒，需要通过文字来消解。似乎缺乏痛感记忆的"78一代"德语作家，如何从物质的丰富和经历的贫乏中"突围"，获得读者的认可和市场的成功呢？

波利蒂基选择了一条新的道路，他从后现代文学的语言迷宫里出走，将文学"新可读主义"作为戴达鲁斯的线团。当肉身无法穿越时间的纵深时，为了经验的拓展，波利蒂基选择了空间的跨越。波利蒂基每年有半年时间在路上，足迹遍布全球一百多个国家，喜欢用姓名首字母 M.P. 签名的他，让人联想起那位十三世纪的世界旅行家马可·波罗。波利蒂基并不满足于当一名写实的游记作家，他把周游世界各地获得的经历和体验，或是经过文学想象的催化炼成了小说，如《台风经过京都》（*Taifun über*

Kyoto，1993 年 ）、非洲题材的《有角的男人》（*Herr der Hörner*，2005 年 ）、《180 天环游世界》（*In 180 Tagen um die Welt*，2008 年 ）、中国题材的《彼岸故事》（*Jenseitsnovelle*，2009 年 ）和中亚题材的《撒马尔罕，撒马尔罕》（*Samarkand Samarkand*，2013 年 ），或是凝固成了关于旅行的哲学思考，如散文集《美丽、遥远又野性》（*Schrecklich schön und weit und wild*，2017 年 ）。在一切坚固的东西都消散了的时代，波利蒂基试图用文字留下世界各地的画面和历史的温度。在异国他乡的旅行途中，他也保留着老派德意志人的习惯，顽强地拒绝使用手机，依靠地图和记事本安排旅行和工作日程，去想去的地方，见想见的人，偶尔迷路，却总能到达。

在三十多年的创作生涯里，波利蒂基一直保持着旺盛的创作力，迄今已有三十多本书出版，包括十三本小说、十一本诗集和七本散文集。2018 年，他将三十年创作的诗歌结集成近六百页的庞然大物，命名为《诗歌总集（2017—1987）》（*Sämtliche Gedichte*，2018 年 ）。正如诗歌题目中倒置的时间线所暗示的那样，诗歌按照发表时间倒序排列，不仅是一次诗歌的盘点，也是一次生命的回溯，在时间的长河里溯流而上，看诗意从生活的缝隙间透过，"突然把我照得透亮"。波利蒂基的诗歌写作也同样经历了从语言实验的先锋派到"新可读主义"的转变。"新可读主义"将读者作为对话者来考虑，期待在适当的时机碰到合适的读者，读者的经验和想象力将填充诗歌诗行和音律的留白，他们将会心微笑，或无语流泪。波利蒂基的诗歌从历史宏大叙事的洪流中挣脱，回归日常的生活。诗歌成为捕捉日常经验，传递当下诗意的工具。生活中除了"爱"与"死"这样重大的主题，更多的是悬置于日常生活中，貌似平常琐碎的瞬间，在"日子突然裂开"的缝隙中，看到"时间的汩汩涌流，/ 就在光 / 与万物背后"。这样的时刻可以发生在某个寒冷的周一早晨的轻轨车站上，发生在剑桥的一次漫步途中，发生在湄公河畔的东孔岛上。独自面对空酒杯的那个男人的寂寞，可以是在巴伐利亚的小酒馆里，也可以是在大阪步行街的居酒屋里。

波利蒂基于1994年受邀在慕尼黑大学举办诗学讲座（Poetik-Vorlesung），认为抒情诗是"重量级"的文学体裁：诗歌的语言在语义、音韵上的精确性对诗人提出了最高的要求，要耗费大量的时间炼字。波利蒂基固然以小说成名，但他始终认为自己是一个抒情诗人。他在抒情和叙事的张力中行走——将叙事诗化。他将诗歌叙事化和戏剧化[1]。将叙事诗化，表现在叙事结构的对称性、叙事语言的音乐性和节奏感上。将诗歌叙事化和戏剧化，体现在诗歌中丰富的白描片段和对话情节。波利蒂基不是书斋中的诗人，他经常到各地登台"表演"诗歌，他的诗歌符合所有民族诗歌起源时所具有的公共性和表演性。与传统的诗歌朗诵会不同，他的诗歌朗诵会更类似一个演出，类似一个小的情景喜剧或一个诙谐的小故事，为的是让诗歌不再封闭在狭小的圈子里，能够更好地激发读者。波利蒂基对文字音乐性的敏感，也清晰地体现在他的诗歌写作中，他常常在诗歌中使用拟声词来表达复杂的情境和情绪，还专门写书讨论过"元音的色彩"。作为曾经的德语文

1　Wolfgang Frühwald: „Ist mein Traum denn schon vorbei? / Oder fängt er nun erst an?"Zu den Gedichten Matthias Politycki´s. In: M.P.: Sämtliche Gedichte. 2017-1987. Hamburg. 2018. S. 593-611. Hier S. 603.

学研究者和教员，波利蒂基对于西方文学传统的熟悉深刻影响了他的诗歌创作，他喜爱的尼采、艾兴多夫、布伦塔诺和特拉克尔以不同的面目出现在他的诗歌创作中。这既是对他自己喜爱的德语诗人的致敬，也是德语抒情传统的一种自然延续。他所擅长和喜爱的商籁体诗（十四行诗）[1]源自十三世纪的意大利宫廷，是西方文学传统中诗律要求最为严格的诗体形式。在我们这本诗歌选集中，读者可以看到他的商籁体诗或用于定格画面（《此前的瞬间》），或描述一次偶遇（《断章罗曼司》），甚至还有一首用图形组成的图像诗《无情之夜》，呈现出深情、诙谐、机智等多种文本特质，为这种古老的诗体形式注入了新的活力和色彩。在"远东之诗"组诗中，波利蒂基的远东经验没有停留在诗歌的题材上，也延伸到了形式上，化用了俳句（《鸦群》《步行街》）和短歌（《秋日之爱》《春日之爱》）等诗歌形式。

沃尔夫冈·福吕瓦尔德教授作为波利蒂基创作生涯的见证人，为波利蒂基的《诗歌总集》撰写了长篇总记。三十多年前，慕尼黑大学德文系的助理教员波利蒂基走进福吕瓦尔德教授的办公室，宣布决定辞去稳定的大学教职，成为一个自由作家。教授虽然表示不能理解，但可以接受，并建议波利蒂基工作三个学期后再辞职，为的是避免外界因大惊小怪而滋生出的流言蜚语，毕竟，放弃一个众人艳羡、稳定体面的教职，在当时是耸人听闻的事件。三个学期后，波利蒂基辞去了教职，教授作为他的良师益

---

1 这一源自中世纪意大利宫廷的诗体有着严格的格律、韵脚和诗行规定（4-4-3-3），古有彼特拉克、莎士比亚的商籁体诗传唱至今，在德国的巴洛克时期和现代主义阶段也颇为流行。战后德国诗坛也有诗人擅长商籁体，波利蒂基敬重的前辈罗伯特·戈恩哈尔特（Robert Gernhardt，1937—2006）便擅长用商籁体诗讽刺时政。

友，始终支持他的文学创作。

福吕瓦尔德教授是德国德高望重的学界领袖、世界知名学者，曾经担任德国科学研究会主席、洪堡基金会主席等学界诸多要职。在繁重的工作日程中，教学是他最为热爱和看重的事情，每周一上午十点是他多年雷打不动的大课时间。他讲授德国魏玛古典文学和浪漫文学，慕尼黑大学千人大礼堂里总是坐满了各种年龄和身份的听众。对他的学生来说，他是位治学严谨、胸襟开阔的老师，对于学生的请求总是有求必应，助之不遗余力，因此深受学生爱戴。每年八月二日教授生日，他的两位大弟子——马丁·胡博（Martin Huber）教授和格尔哈特·劳尔（Gerhard Lauer）教授总会召集师门聚会。后来我有幸跟随福吕瓦尔德教授撰写博士论文，一次在慕尼黑谢林大街艾庆尔酒馆举行的聚会上，我和马蒂亚斯·波利蒂基相识，开始关注他的作品。

2018 年和 2019 年，波利蒂基先后受到上海作家协会和鲁迅文学院的邀请，到上海和北京担任驻市作家。在此期间，我邀请他到北京大学开设诗歌讲座，后又与歌德学院合作，举办了一次诗歌翻译工作坊。北京大学"德语诗歌选读"课程的学生是这次诗歌翻译坊的主要参与者。在诗歌翻译的整个过程中，我们清晰地观察到诗歌翻译犹如语言的炼金术，诗歌的意象、韵律，及其蕴含的经验、情感，从一种语言到另一种语言，被拆解、融化，又被重新赋形、获得新生。

马蒂亚斯·波利蒂基从他的《诗歌总集》中，专门为中国读者精心挑选了八十一首诗，放入《在光与万物背后》这本诗集，分为"自然之诗""城市之诗""爱情之诗""生活之诗"和"远东之诗"五个部分，后记中附有波利蒂基 2018 年 10 月 7 日在北京大学人文讲座《自然之诗与诗之自然》上发表的演讲全文《自然之诗，城市之诗，爱情之诗，生活之诗——为何写诗及对诗歌的期待》，方便中国读者对于波利蒂基的诗歌和诗学理念获得较为全面的认识。

这本诗集是我和学生一起进行的翻译实践，诗歌译者除我之外，都是北大德文系的学生，他们是刘汐雅、张楚璇、范开歆、郭笑遥、饶克战、刘安南、罗梓丹、江唯、张为杰、王一帆、邵梦琪和赖雨琦，由我负责整本诗集的校对和润色。这是这些年轻人首次发表译作，他们对于中德诗歌语言出色的理解、感悟和驾驭能力，足以使我对他们及他们一代德语文学汉译者的未来充满期待。

感谢 Hofmann und Campe 出版社对原著版权的支持，感谢歌德学院翻译项目的支持，感谢"未读"和"未读"的编辑，你们的工作是这次诗歌炼金术的催化剂。

福吕瓦尔德教授得知他的学生以诗歌之名相遇与合作，非常欣慰。遗憾的是，2019 年 1 月 18 日，传来了教授辞世的消息。在朴素而隆重的葬礼上，马蒂亚斯·波利蒂基朗诵了教授生前喜爱的两首隽永的小诗：

分享了（其一）

相互的渴望，

彼此的爱欲，

共同的哀愁，

于是，生无所憾。

分享了（其二）

彼此的信赖

相互的忧虑

共同的开怀

于是，此生终是了无所憾

谨以诗集《在光与万物背后》献给我们的导师沃尔夫冈·福吕瓦尔德教授。

Unserem Lehrer, Herrn Prof. Dr. Wolfgang Frühwald gewidmet.

胡蔚

2020 年 4 月 18 日

第一章　自然之诗

"多么璀璨！"

四月，四月！

屋里如此静谧，如此静谧。
窗外一棵树，在雪花飞落中
变得苍白而沉寂——

它的耳语热烈无声，
在冬日最后的享受后窸窸窣窣
这将要燃尽的火焰——

屋里如此静谧，如此彻底的
静谧：好像——
投向记忆的一道目光，还有一个吻。

刘汐雅 译

十月之忧

漫步剑桥

瞧，它又出现了，
这根本的怀疑：你的生命
没有价值，而多余，
无论你在余生，
如何将其处置。

那么，我们约定，快四点时，
请抬头片刻，

凝望一顶参天树冠，
锈红棕褐金黄的树叶，
所有的色彩都已几近橙红，
被你背后快要没入地平线的阳光，
完美照亮，直至最为纤细的枝桠；
被青铜蓝天空下铜灰色的云，
热烈地折射出万道光芒——

你仁立，对这盛大的美丽
你未曾预期。

于是，它突然出现了，
这强烈的确信：你的生命，
不管何时会遇见什么，
定然珍贵，
充满奇迹。

胡
蔚

译

番红花的奇迹

圣詹姆斯公园：某年 2 月 24 日，
从安妮王妃门入园

我还有一刻钟时间，
没有更好的去处，
信步走进公园，
那是一个多么热闹的春日，
至少有十三四度，
人们潮水般向前涌动，
要确保自己分到一点阳光，
从桥上快速拍几张照片，
对准白金汉宫方向，
兴奋的叽叽喳喳，
世界各地声调口音混杂。

然而不是眼前这湖水
倒映的壮阔蓝天，
而是一片番红花

突然出现在喧闹背面——

它们有着白色光芒和紫罗兰光晕

在柔绿如气息的土地上——

这片番红花，

也许还有几株水仙花零星分散，

这一往无前的勇敢绽放啊，

让我几乎脚步趔趄，

出于满心的敬意。

已有多久不曾

有过内在的震撼？

我停下脚步，

深吸口气——

多想与你分享这一切，

多想，与你一起

热烈地沉默良久。

但是，你知道，
我只有一刻钟，
现在时间已到，长叹口气，
返回。何况，
你本就不在那里。

胡
蔚

译

苏格兰时刻

西北高地

层云若非如此低垂，

你也可以于一片静谧中

为那废墟与飞瀑惊叹，

红邮车，白房子

和桌球台布般绿莹莹的草甸

掩映了座座山丘

如果你希望领略更多，

当云雾山岚

被风笛声与绵羊鸣缀上乐音，

你须抓住这一瞬

因为一天只绽放一次灿烂

正是此刻它始现发端，

快瞧！

时间已然继续流驶，

万物再次回归，

这一日之余你可安心

独自品赏单麦威士忌

与其他人一道惊奇于

他们于那一瞥所见。

饶克战　译

关于南方糟糕的诗

永远！永远！永远！
都必须有橄榄存在，
有海，午时，尘埃，
有知了声声，蜻蜓簌簌，
有影子交叠，深井静默，
有橘柚轻歌，还有羊儿嘶声，
永远。

可那儿更多的是，
茫茫苍凉的原野，
道旁正在腐烂的动物，
是村子树下的人们，
清脆的聒噪，
是肚脐裸露的晃动走过
是对严寒的渴望。

但是——不，

永远！永远！永远！
都必须有松柏存在，
有撕破的网，空置的舟，葡萄满挂的山丘
当然还有橄榄，
橄榄<u>丛</u>，橄榄叶，橄榄核，
永远。

刘汐雅 译

灰色山丘、黄色草地，无所谓

塞伦盖蒂平原

甚至连豹子也不能让我们

停住脚步。一天又一天，

我们穿过黄色的草地

驶过灰色的岩石山丘、狮子时而出现、

驶过许多金合欢树，

在天空下铺下树荫，漫无目的，

无所谓。

打开天窗高速行驶，

连舌蝇也赶不上我们，

站在司机身后：我！

车前的小路，草地里留下红色印迹，

都已消失不见。就是这些，没有更多！

狂野行驶，双手紧握，无法思考，

无所想！

一切也无所证实。

从哪里来？到哪里去？笔直向前！

开足马力向前，直到断裂，

绳索断裂，还有那秃鹰盘旋。

范开散　译

雾
那乐意为你升起的

从那时起四周的一切

都藏在雾里，就好像秋日里的清晨

在山中，也许只是

比往日静谧，你把山岳

想象成底下的山谷：那儿，在山坡上，很快

升起雾，立刻有东西

从中闪耀，是什么？雾再次

合拢，它在别处别有一番样子，

但又随之被吞噬，等不及你识别。

到处都是雾，

如此乐意为你升起，向你展示，

多么广阔美妙这世界，并将一直是。

范开歆 译

博茨瓦纳蓝调

沙漠的北方有一条大河，

找不到通往大海的路，

干涸的大河，巨大的三角洲，

几万平方公里莎草林严严实实，

还有睡莲、苍鹭、鱼鹰，

身披白色和黑色的羽毛。

我穿上卡其工装裤，

躺在独木舟，穿过芦苇丛：

男人坐在船尾，手持一把长杆，

不知要将我带往何方，

他哼起一支黑色的歌，

其实，我只需

将团团小飞蝇赶走。

你要理解，

这一天，世界已经相当努力了

我真的不想抱怨：

轰隆夯哧叽喳吱呀，这么多树叶和苇竿

在我们身后响成一片……

当我从这片莎草天堂归来

（两天、三天，也许四天之后），

没有人会知道我轰轰作响的一天。

"很有趣"，有人也许会敷衍我：

"好像一个多瑙河三角洲

在非洲"……

你是否理解，

疲惫的日头，层层的芦苇

这一天并不有趣，

这一天太美，以至于

我不想再经历，最好

马上把它忘记，

因为我明白，我心里清清楚楚，

我的余生也许将独自度过
与睡莲、苍鹭和鱼鹰一起，
和远方传来的嗥叫和嘶鸣，
与眼前的嗡嗡飞蝇。

在我的独木舟里，
在这美得可怕的日子里。

胡
蔚

译

昔日快乐时（一）

西奈，杰伯尔 阿巴斯 巴沙

这段时间里，

我快乐的次数，

屈指可数：

精疲力竭时，

我无丝毫气力，

想起你——

在历经千辛万苦

向上攀登到终点后，

由上向下进入深谷，

经过灰尘满身的棕榈，

已经干涸的水潭，

锈迹斑斑的罐头，

森森惨白的驴骨，

继而向上爬——

直到我们在某处歇息。

我躺在滚烫的岩石上

就像个野兽，

俯瞰着山涧

景色壮丽却无心欣赏，

除了石头的热度外

再也感受不到他物，

热气从身下慢慢

爬入我潮湿的衣裳。

不想你，

那时候是幸运。

罗梓丹　译

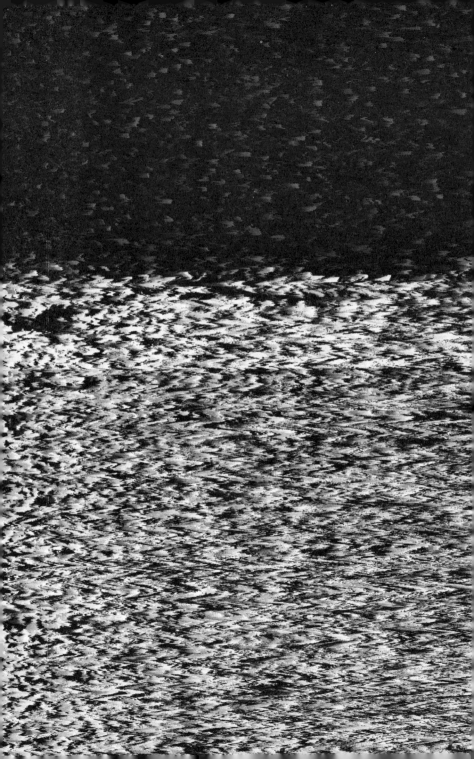

埃及之痛（二）

西奈，瓦迪 阿布 祖韦廷

它倔强地站在那里如同一道剪影，巴旦杏树，

当我从睡袋中抬起头颅，

树枝相处融洽，树冠摇晃，

在那之上的高处，星光灿烂明亮。

蟋蟀声尤为嘈杂，

篝火声尤为轻悄，

这是来自山坡的清凉的微风……

而我带着伤，要离开此处，

要从每一座岩间花园，每一片绿洲

走出，继续迁徙、攀爬，

死于山峰与深谷

要摔跤，蹒跚，坠落，破碎，

夜夜如此，如奇迹般明亮，

岩间花园也如此，它们曾遭到诅咒。

刘
安
南

译

一次散步的尝试（序曲）

丹麦斯文登堡海岸

通往美好世界的第一步，

不动声色的美好，有节奏地分成小块：

海湾、森林、菜花和麦田，

娇嫩欲滴的绿色。

然后，椴树林荫道、马场，

随后，波光粼粼的海面，巨石砌成的墙，

几个世纪的苔藓渗入了墙面。

新收割的草垛和轻柔的北风

将剩下的世界包围，北风技艺高超，

只为将所有旗子吹拂成水平线摇晃。

最后，海峡，帆船紧贴驶过，

岸上古老的桁架木屋，屋顶铺着茅草。

我又一次到了，

你不到的地方。我若可以跨海而行，

定会立刻从桥上起步，一步不停，

向西南的南，昼夜兼程
去你的方向。此刻你会干什么？
在海的彼岸，你还醒着么？
路边是雀翠花和牛蒡草，矢车菊蓝，
视线，远远越过大海。我知道、知道、不知道。

胡
蔚

译

惦念

一切都在，
早晨海鸥的盘旋，
尖厉的叫声，要把天空撕裂，
傍晚树上的啾啾鸟鸣，
让太阳延误了落日。

别忘了还有溪涧，
和争先恐后的灌木，
别忘了还有那只肥猫，
午后才蹲在最暖的台阶上，
等待捕捉的时机。

一切都在，
只是少了，
石子路上咯吱的声响。
旗子疲沓地悬挂，
迎接一天的尾声。

胡蔚 译

尽管如此

大海拱起背，赤身裸体，又老又丑，
它在等待
等待虚无，
最不可能等的就是你
和你看到海时
想从指尖吮吸的蜂蜜。
大海完全无所谓：
你到底是在虔诚观望时
独自找到了诗歌的节奏；
还是无言沉默，
期待着下一个日出

：老海与人：

尽管如此，你坐在那里，
凝望涌来的潮水，
倾听逝去的波涛，

等待一个早晨的到来，

之前连梦里

都不敢有过的早晨。

胡
蔚
译

此前的瞬间

视觉里的最后画面：一次慢跑
在那一片熟悉的海岸，林子里
而后跑过堤坝，紧靠水边，随即
上坡，随即沙地，石子，水草，

下坡，右手麦田罂粟花和草坪，
偶有白漆栅栏围起的空牧
还有狗叫声里的红色粮仓，
左手是海面平静，没有风影

现在还能送来阴凉，我最后的路
通向芦苇丛，于此坠落，瞬间，
还能瞥见，那网挂在木架上面。

瞥见那业已腐坏的舟，腐坏的桥，
和一只彩色的蝴蝶——多么璀璨！
它已合上翅膀，于是天色变得昏暗。

胡
蔚

译

日全食

巴伐利亚 费尔达芬，1999 年 8 月 11 日，12:35

几秒钟刚过，
世界旋即惨淡奄奄
四野俱寂，不差丝毫
如同平日日暮夕落。

风儿兀自消散。头顶悬空
一轮黑日，圣器黯淡
层云黯淡，光晕一圈
轻笼最后的生命迹象。

仅仅一支烟燃尽，
世界又明亮如斯，
鸟鸣声悠扬历历，

就好像一天重新开启。
我们揉揉眼睛，尚还恍惚昏沉，
细细端详彼此，有如劫后余生。

罗梓丹 译

第二章　城市之诗

"静默的群众演员"

有位艾兴多夫 [1] 先生从前定和谐中吹出蓝调

吸入你那几已荒废日子里

清晨的氛香，

拿起你大理石世界

已破碎一半的镜。那早已

成为幻梦的时代

在晨露的氤氲中为你破晓，

从未曾被瞭望过的远方

闪烁微光。而你想要逃出，

从大街小巷的织网中逃出，

穿过扇扇大门，跨上层层阶梯，

你想要亲眼看看这天穹！

你当然可以转身，可以回头：

---

1 艾兴多夫（Joseph von Eichendorff, 1788—1857），德国浪漫主义诗人，《大理石像》
是他的一部中篇小说。

只是被俘获在意醉神迷中，

渴望喷泉的边缘，

那尚未破碎之镜，

和镜中的一抹天空。

郭
笑
遥

译

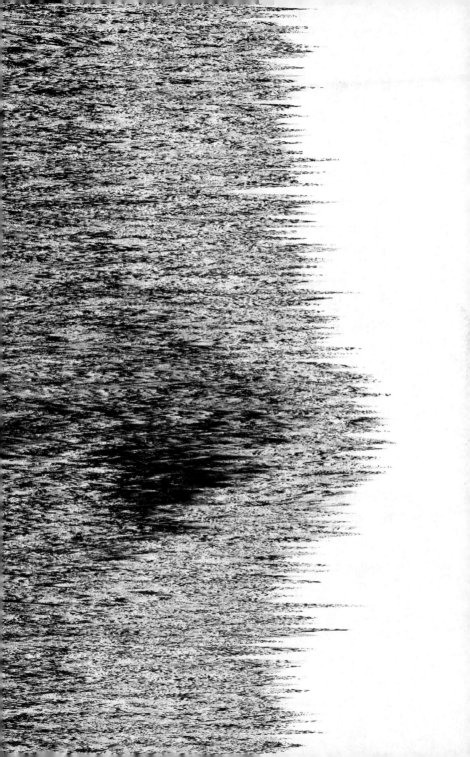

轻轨车站，麻雀啾啾

一个冷得窸窣作响的周一清晨，
太阳尚低悬于空中，
光照已经如此强烈，
轨道上的锈迹蔓延，
变幻出轨道边的碎石，
那是一块来自昨夜，
覆满白霜的暗色蜜饯残骸。

站台上的人屈指可数，
仿佛是来自早已停播的电影中，
头戴毡帽，溃败的鞑靼人，
伪装成抽烟者，静默的群众演员。

如果微微侧耳倾听，
轨道那边光秃的灌木丛中
一只冒失的鸟儿唧唧啾啾，
一定是位中了毒咒的波斯王子，或者

至少是一只怀揣破碎之心的麻雀，

可这时，偏偏是这时，

有人打起电话，说个不停

又是如此大声，以至于他

消融在喷出的话语蒸汽中。

胡
蔚
译

我们的地方

今天我路过那个地方，
你知道的，那个我们的地方，
你总是在那里等我，
如今物是人非。
我从那里去了火车站，
走的是我们的路，一如往常。

今天我乘了火车，
你知道的，那班我们的火车，
我看向窗外，
看到绵延的房屋和
房屋上方绵延的天空，这景色
或许总是动人。

这一切你现在都不了解，
而我过去也不曾了解
直到今天。第一次

我睁开双眼，看到了其他一切。

尽管如此，我总会，

一如往常，在某个时刻到达。

郭笑遥 译

春日声轨

窗玻璃上的一两只胡蜂，
街对面传来的收音机声，
划破天空的孩童的叫喊，
父母的喝令叱责，
依次关合的车门……
日子已从你身旁远去了。

归来回到这啼啭的静寂中吧，你带着
对病中母亲的担心，
对一位情人的感伤，
对同事的些微愠怒，
带着肩膀的酸痛和
对生命流逝的伤怀。

在你随意毁灭什么，或是
打电话给错误的人前，
也看看那张写字桌，看看

那插着两枝枯萎玫瑰的花瓶，

万幸的是，她们属于，

你的不幸中。

郭笑遥 译

在光与万物背后

有时
在一个周日下午，
一切那么静寂，以至于日子
突然裂开一道缝隙。于是
你抬起头

从手边的文件中
你抬起头，
有那么一次，你可能听到：
时间的汩汩涌流，
就在光
与万物背后。可是

正如你微微侧头
把手放在耳后，
这道裂缝，
已经重新闭合。

郭笑遥　译

社交晚会

今天这一整晚
你看上去都高贵而脆弱，
置身于生活优渥的人群中，
他们穷奢极欲，日啖珍馐。

你如此消瘦，以至令人惊骇，
而在你身边萦绕的
对生之欢愉的渴望，如此充沛
永不餍足，何等喧腾！
我惧怕，你仿佛会不可逆转地

继续瘦削下去，也愈发透明，
很快就要失去颜色，在我眼前成为
最后一缕微茫，
然后悄悄离开这个世界——

在这个世界里你显然无从归属。

而女士们细碎的家长里短

和先生们漫无边际的高谈阔论，

会继续下去，

仿佛刚刚什么都没有发生。

郭笑遥 译

黄金十月

纽约，中央公园

在那儿坐着的那个，

在彩色的叶子中间，

在鳞次栉比的摩天大楼间，

那是我。

我疲倦于

这个金灿灿的日子，

疲倦于之前的金灿灿的日子，

对这石头一样的城市，

城市上方石头一样的天空，疲倦了。

当然，你大可给野鸭喂食（如果你有面包的话），

大可跟那些闲逛的女人搭讪（如果你有勇气的话），

大可叫喊着跑开，

沉默着走自己的路

或者就这么，一直坐着——

一直坐着，等一阵旋风，

等一场山崩，等下一次日食，

一直坐着，直到停车场看守过来，

然后是外事警察，夜班门卫，医生，掘墓人。

什么也不再思考，

什么也不再感觉，

不要耍花招，

不要乱说乱动——

这样坐着的人，

好像从所有树叶、野鸭、摩天大楼中解脱，

除了我之外，

永远不会有他人。

郭笑遥 译

一位擦肩而过的女郎

好吧，来了一位漂亮女郎
——毫无疑问，
令人恼火，——
从你身边走过。

不过，你不妨想象，
她在家里或许穿着按摩拖鞋，
每走一步，那些凸起都按摩
她的足底。
你不妨想象，她或许
是个猫奴，或者
在舌上缀了珍珠，
迷恋 Lady Gaga，福柯，
歌剧魅影！

她与你擦肩而过，

会让她变得如此美好，而且

毫无疑问，

也为你省去了不少气恼。

郭笑遥

译

街头小吃摊

1995 年在路边摊，丹尼尔·基利[1] 被奉上稀罕之物

这样一家街边小馆，

在河内街头巷尾随处可见，

一爿狭窄锅台

面对着人行道

塑料凳，小方桌

一直摆到下水槽。

碰巧路过，

只是想随便喝一杯

未料已经

与本地人闲谈起来，

他们也盛情邀我，

先叫一份烧酒，

1　丹尼尔·基利，记者、评论员、作家。

再来一盏鸡爪：

一人抓一只

一点点吃尽，

从爪尖下嘴

顺着趾节向上啃，

直到最后嚼光，

连一丁点骨头渣都不剩；

只有当人们要喝一杯时，

才肯暂时放下鸡爪。

不喝烧酒不得尽兴。

佐以烧酒

或许成了一则寓言。

饶克战 译

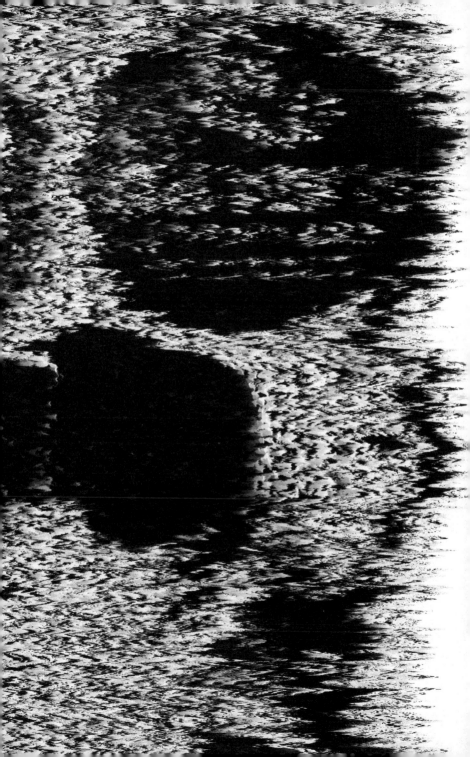

观光客

他们去的咖啡馆总是错的，
那里全是外乡人，
他们总是觉得一切太贵，
与旅游手册相比，令人失望：
人们就是无法让他们满意。

他们背负大包小包，
祈求各路福佑，还带着袜子，
他们总是提出同样的问题，
他们总是给出同样的答案：
人们就是无法让我们满意。

饶
克
战

译

最后一夜

当我们踏进酒吧（四周万籁俱寂）

引得调酒师得先摸出他的眼镜

结果不偏不倚（承认，

连钟表也不敢嘀嗒）

不偏不倚洒湿你的衣领

当我们走出酒吧（四周怒目灼灼）

每个人都恨不得痛扁我一顿

我要是刚才（承认，

所有酒杯中的冰块已经消融）

没来这家酒吧多好

不过这酒吧之外苍穹之下

细雨飘落在温润的夜（确实，

再无星光灼灼，为你在此刻

从天穹放射清冽光芒）

即便在这雨天中你依然奔跑，如同

一支感叹号，而我甚至不敢，

从远方抛出一个问号（承认，
城市在你脚下静默，
没有回声的凝固之地）
甚至不敢是一个逗号，我还是想成为，
至少是一个句号，结束你所有
恣意向世界泼出的话语

饶
克
战

译

一点也不美好

路上匆忙中轧死一只猫

，这猫还没有真的死去

接下来的夜晚要听一个女人说话

，她要成为她自己

为此开启一支"男爵罗斯柴尔德"[1]红酒

，尽管这酒他已经珍藏了至少二十年

最终还是扔掉了一盒安全套

，因为它已经过期了很久

：一点也不美好。

1　罗斯柴尔德酒庄位于法国波尔多，出产多款顶级葡萄酒。

饶克战　译

空杯

一个男人，坐在一个空酒杯前
这情景令人感伤。

令人伤感的还有
漂亮女招待糊掉的妆容
她正要下班，
一只停摆的挂钟，
一块红白色格子桌布，
一场在屏幕上闪烁的无声脱口秀，
一个酒店老板，已把凳子架在桌子上，
另一个角落里坐着的另一位顾客。

但最令人感伤的还是
那个男人，坐在空空的酒杯前。

饶克战 译

酒保还在

一个毫无目标的人
总会有一条腿
已经陷入深渊。

但你确实有一个目标——
等候，静坐，即便
末日四骑士就要呼啸而来

而夜深人静，
末日审判隐现！
不轻举妄动，

然后出发，
去你不想去的地方
去无人唤你的地方。

一个临近终点的人，

也得留一手，

继续点单。

饶克战　译

往事莫提

它立在厨桌上，

我一饮而尽，

然而并没有变得更好。

在冰箱里发现了，

另外三个瓶子，

喝掉它们，

一瓶接一瓶，

然而并没有变得更好。

于是我走出家门，

寻觅一间小酒馆，

或是一所加油站。

但是既未找到前者，

也未找到后者。

我走了一会儿

沿着一条浑浊的河流，

回到家中，

看着餐桌上的四个瓶子，

于是明白：也许不会，

变得更好。

饶克战　译

仲夏夜之梦

让我躺着，让我醒着
谛听那闻所未闻的乐鸣：
蓝调彩带，波普繁花，
布吉炽热，曼波神话，
隐喻如乐谱
在睡眠中连缀：
桑巴如丘陵蜿蜒，莎莎若广袤田野，
摇摆乐宛如波浪，冷爵士清新似林，
让我醒着，让我滑翔
像出城的公路那样悠长，那样宽阔
滑入暗夜，光。
在切分音中褪色，盘旋，
如声波，沉静而辽远。

越来越远，
等候歌词来临。

饶克战 译

第三章　爱情之诗

"我永不知，你的真名"

情之种种：

夜里的一声哀恸，
雪落的一丝触动，
佐茶的一枚酥饼，
纸上的一行诗情。

而我们其他人，坐在海边，
凝望着海水，祈盼在今天，
海天相交处，小岛能出现，
与在我们身内轰鸣的世纪
达成和解，看：

有座城市的小岛！啊，那是当然——
有栋房屋的小岛！是呀，不会例外——
有间闺房的小岛！那又怎样——
那扎辫子的少女，就在那方天地！

扎辫子少女的小岛，不会有错，

岛上藏着珊瑚匣，你知道的，

匣子里藏着魔咒，

糖衣裁为纸，

粉白细凝脂——

你未曾开口！我已如痴如醉！

温润海风吹拂，而我们其他人，

凝望海际，一望再望。

无心嘶喊，不慕夜雪，

一味枯坐，一望再望。

海水澄碧，海波摇晃。

江
唯
译

断章罗曼司（一）

我永不知，你的真名，
你笑起来的美丽，究是怎样。
你举步进屋，我再不敢乱动，
如同泥塑，像被焊住。

看你吞云吐雾，小口啜饮，
看你抚弄头发，编写短信，
你终于要走，又近我身旁，
麻利地结账，匆匆地离去。

你眼中流波，全无内心热火，
骤然停驻，与我目光交会——
目送你离去，见你草帽，

薄裙飘飘，深蓝色腰带，
你最后的信物，
盛夏午后，热烈地燃烧。

江
唯

译

远方之魅

面如坚石，
大醉了的你蹒跚踉跄
挺过这无可名状之日。
你会安然无恙，
只要她还惦念你，
在远方为你祝祷——
正如她的允诺。

向前走！一往无前！
只要她如你般沉醉，
你的前途，一路绿灯
死神定不会将你眷顾。

江
唯
译

拥抱

她躺在最末那间房的沙发之上，
那里，能触到北边的阳光，
周围，除了花束，
和几摞书，
别无他物。

尽管时值盛夏，
被子盖到了她的下巴
午后日头余威犹在，
她睡着了，一本厚书
打开着，与她共眠。

我踏入门内，
在她还没意识到，
她现在既无书可读，也无梦可做之前，
她决定拥抱，
默默举起双臂。

我被照得透亮，

从此时起就不再相信，

还会有人，怀有纯净的心，

拥抱他人，却在最后某个时分，

必须独自踏入坟茔。

此时有多幸福，难以言说，

那时就有多恐惧，难以言说。

江唯 译

周日午后告白

若有一日——
我实在难以想象——若有一日
我死去，

让我化作温热的被衾，
（夏日，就化成丝巾）
紧紧裹住你。如此，我与你
永不相离。

我情愿在今天便说与你听，天有
不测风云。我实在
难以想象，你有一天会
独坐窗前，看叶子
从栗树上掉下……因此

且听我说：你烘焙的甜点，
一向甜美。你斟咖啡时——

先为我，再为你——

露出的浅笑，

我情愿，奉上一生。或许，

先奉上我的咖啡杯。

江唯 译

夏时终了

你眼里，缠绵的星光，
离别之际，化成琉璃光，
终究还是，化作倾盆雨，
我们注定，天各一方。

整整一夏，你问个不休：
还会想我吗？还会再来吗？
而今日，你无言垂下眼睛，
是，该说的已经说尽。

你送我的，是凄怆一笑，
留自己的，是斑斑泪痕。
我只是笑对，什么都明了，
我们总算学会，互道珍重。
无所承诺，无所怨尤。
我们就这样，被夏天放逐。

江
唯
译

女人啊，唉，难以捉摸

一

女人啊，唉，难以捉摸。
不需人要求，她们就开动了
家里的通风机，
细细簌簌，弄出了奇异的白色响动，
这样一来，别人就会不知不觉
观察她们的手腕，
颈动脉，鼻梁，弯弯睫毛，
每每如此，直到她们
提出她们那最著名的问题。

二

女人啊，唉，难以捉摸。
毫无来由，她们就把
坚硬的大道理扣到人家头上

比如，"你真的相信吗？"
"你难道不觉得我们应该"
以至于人们找不到机会
去观察色斑，
因为她们每时每刻，
都可能给出她们的著名答案。

三

女人啊，唉，真难捉摸。

江
唯
译

论和情人的相处之道（其一）

男性友人不请自来的建议

事成前

要摆摆老派作风，显显绅士派头

扯扯段子，讲讲笑话

就是撒个小谎，也得大张旗鼓

进行中

尽管放开手脚，别缩头缩脑，

就算在床上也得明白，自己身在何处

切记，别与爱情混淆

可也得

熬过那忌恨、失望、愤懑

忍受那分离之痛，

别多嘴讲给别人听

散了后

还能探探彼此的眼神

需要时，也会看看那尘封之物，会变成怎样

把漫长的以后，看作这场情爱的最好纪念

江唯 译

情人

之后的那天日子轻飘，她飘荡

如微醺。但第二日让她降落大地。

直到电话打来，她才又变成

那个她，他常见到的她。

她从未对此表示异议。噢，她倒宁愿是别的样子，

宁愿远走高飞，甚至死上一回。

再也没有比平常日子更让她神往，

这琐屑甜蜜的

重轭——和他相守。这她完全不摩登

她就是那未提出的问题的大师。

如果有一点希望残余（她由衷希望

给他！），一切都不会如此艰难。

时间从身上碾过，她眼泪流干，阒然枯坐。

终究，留给她的只是一把日子，

无尽的战栗、幽惧和遥远。

江
唯
译

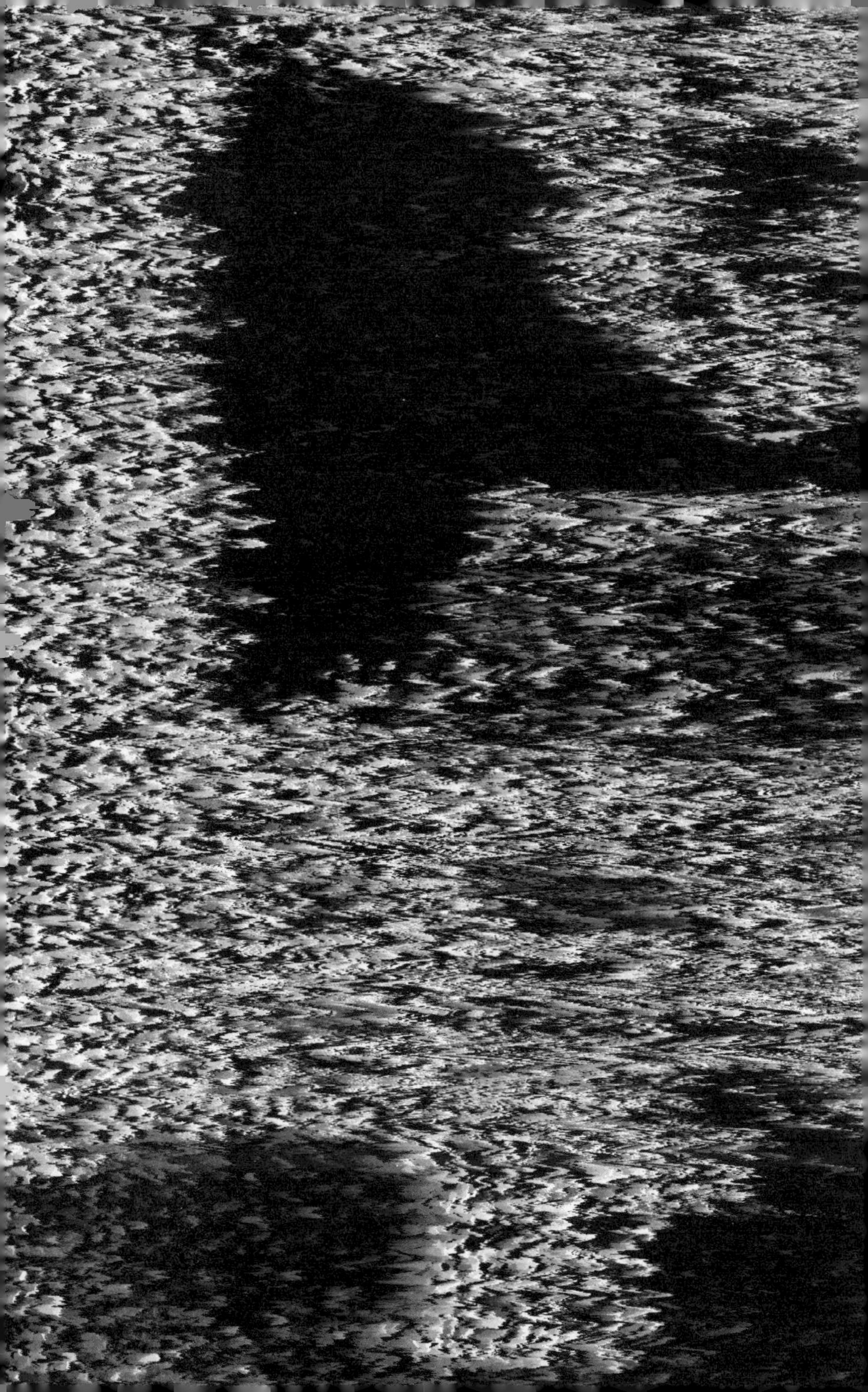

论和情人的相处之道（其二）
女性好友们不请自来的建议

事成前

要对所有小伙俩一笑而过

不要谈论宠物

把腿跷一跷（还要把头发捋一捋）

进行中

要表现得放开手脚

对未来计划，要闭口不谈

保持神秘

但却也

该奋力一搏，只要还有一线希望

留他点令他毕生难忘的回忆，

分离之痛，应闭口不谈

散了后

去理个发

他的邮件一封也别回

把漫长的以后，看作这场情爱的最坏纪念

江
唯
译

仿海上幽光而作

想造几座金灿灿的桥
横跨水上，无垠阔辽，
想投下金灿灿的望眼，
想挑出金灿灿的箴言，
随着声声浪花轻轻摇曳，
沉沉地低语
低语着沉溺
在日暮西斜之际

但你却沉默，喑哑无言，
你折断廊桥，背弃诺言，
你打乱节拍，奏响终弦

在蛭石般灿灿微光中
你转过身去——
回望了一眼
又一眼

罗梓丹

译

黑天使，当你要施人以伤痛，

就施以所有伤痛。
不要遮遮掩掩
将我拦住。
也不要试图，在最后一步
再一次把我嘲弄。

不如放声哭泣，
形容枯槁，衣裳褴褛
还要烦你受累，
给我造一幕美好别离。
再抚摸一次我的额头
像你原来常做的那样，

然后掉头，匆匆溜走，
你啊，溜进地狱深谷。
从那儿你终于回来，
为将我诱骗上歧途。

你也可以把我登记在册

暂且作为最后的牺牲物。

但在如此境地，

我会改变自己，

变得可怖可惧，

一遍一遍怨你，

将你这绝情天使，

咒骂不停。

罗梓丹 译

阳光明媚

最终

一切污秽

都随汗液排出

在这夏日盛怒中,

最终

只有它还残存,

这别无他求的爱。

不再多爱一丝一缕,

不再要你一分一毫,

不再索取,不再希冀,不再期许,

只是满心欢喜,

在这辽阔世界,

有你,

这儿有你,那儿有你

谁知道,

说不定某时某刻,

我身旁有你：

阳光明媚，
天气晴好。

罗梓丹　译

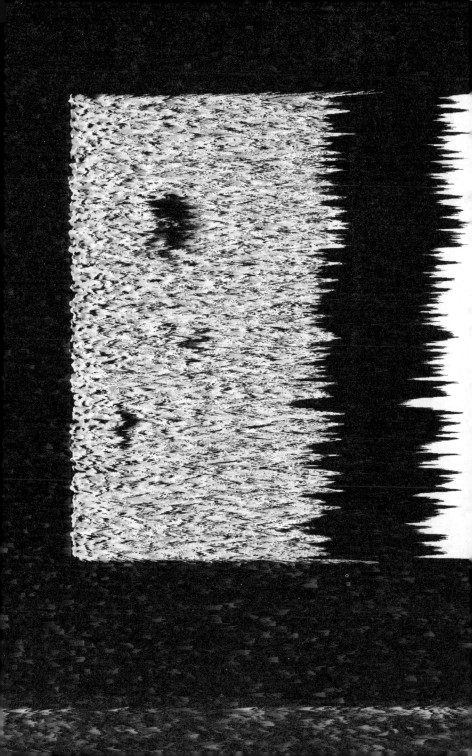

在这辽阔世界

你的心儿怦怦，
在这一秒钟，
它也为我跳动。
你感到。我觉出：

现在！就是现在！
不管怎样，不再踌躇。
你明了。我知晓。
就已足够。

罗梓丹　译

分享了（其一）

相互的渴望，

彼此的爱欲，

共同的哀愁，

于是，生无所憾。

胡
蔚

译

先于一切

无论在白色苍穹下的沙漠里

（无论我在那里寻找什么），

还是在荒芜月下的雪花石中——

我诅咒时间，群山闪烁着。

无论我行动，还是放弃，

我怀念鹅卵石小道，

小巷里的旧时光景，

栗树荫下，暮色婆娑。

先于一切，为了永远，

伴你身旁。（还有面包、橄榄、奶酪、红酒。）

罗梓丹 译

第四章　生活之诗

"深吸口气，定睛细看"

我们何所希冀？何所信仰？何所作为？

我们驱车，驶过清晨
我们驱车，驶过正午
我们驱车，驶过黄昏
我们驱车
驱车

我们那逼仄的夜
凛冽得簌簌作响
我们那黄色的昼
满是熠耀、烁动、沉静和风

身后，浮尘飞扬
千万低语，破碎支离
近旁，草甸、草甸、草甸
唯余眼前，一抹天际

我们驱车，驶过清晨

我们驱车，驶过正午
我们驱车，驶过黄昏
我们驱车
驱车

我只是，
逗留于此
有朝一日
便是过客匆匆。

而你，仍凝眸望我，
直至永恒。

我愈年老，
就愈
参不透你——
也参不透，那镇纸、

镜匣、

琥珀中的气泡

以及

春鸟的啁啾。

张为杰 译

重击

刚刚你还坐在那里，
不乏勤勉地
专注于一事，
似乎不完全属于这个世界。

这时候，你抬起头。

并非是想到了
多么重要的事，绝不！
或许正因如此
对悲哀的洞察
才猝不及防地袭向你，
清晰，沉重，如一记勾拳，
可悲的既非世界，亦非人类自身，
更非境遇、时代，绝不！
你洞察到，所有悲哀

无关他物，皆源自你

它由你而生，也将因你

而终止。

张
为
杰

译

泪水苦咸的真理

它总在那里——
在琥珀的气泡里蛰伏，
在时钟的表盘上逡巡，
在我写诗时敲击之
键盘的漆黑中潜隐，
它还在一对鸭雏处出没，
它们蜷居于灯座之上，
想博人一笑。
它在镇纸的顽石中栖身，
又往抽屉里逃遁，
化作墨水瓶、手绢、
印台和
揉皱的便笺。

它总在那里。
即便我作别这小屋，
去往廊道的彼端，找寻我的幸福，

即便我告别这房舍，

奔赴另一座城市，

它总在那里。

它随秋叶，

拂过街道。

落座在转角的咖啡馆，

向我抛来，莞尔一笑。

任我前往何处，

它都朝我招手，歌唱，跳跃。

它在那里。

张为杰 译

好天气时，总是神伤

岁月愈是静好和雷同，
就愈易匆匆
消逝于字里行间，
你的写作也是如此：
此间定要吟安一韵，
彼处亦须咏妥一行，
只此一行，便可驱逐
无所成就。

深吸口气，
定睛细看。
不及你吐息，一切
已杳无踪迹。

张为杰 译

有何对策（♂）

——男性友人们的建议

穿笔挺西装，

感时乖命蹇，

列清单一张，

助跑，

别躲着太阳

还有：对有些人要讳莫如深。

或许管用：

胡子任它长，

报纸撂一旁，

劲歌大声放，

让人做顿饭，

时而谢绝一位美女：

十分抱歉，我没时间。

全不顶用：

躺着不迈腿，

滴酒不沾嘴，

寻个爱好来消遣，

袋巾色儿要四月相配。

最不顶用：忘了这茬

随它去吧。

到头来还是

束手无策。

张为杰　译

治疗抑郁

唯一能够治疗的药：
扯起被单，盖上下巴，
直抵耳畔——
五分钟后，暖意洋洋，
你的心情也备感舒畅，
只因可以静静平躺。

*

唯一能够治疗抑郁的药：
就是起床，
痛快洗个热水澡，
在如注的水流中久站，
直到愁眉终于舒展，
只因你能，把自己擦干。

*

唯一能够治疗抑郁的药：

呆坐于此，

直到变成屋里的

一件什物：

一方镇纸，

一只镜匣，

一块镶有气泡的琥珀，

出于善意，装聋作哑

像一位可爱的伙伴，

心满意足却也不幸，

凡有求于它，必乐意效劳。

张为杰 译

我这样的人为何在坏天气里跑步？
——周四进行曲

跑呀跑呀，只管跑呀，
穿过公园，和林荫路——
跑呀跑呀，跑呀跑呀，
像头野兽，永不驻足！

一路狂奔，蹚过水坑，
濯清泥泞，洗净风尘，
跑呀跑呀，直到周围
树丛轰响，天光轮转，

跑呀跑呀，不仅只有
狗和被遗忘的老者，
向你注目致意，
跑呀跑呀，直到你也
不再知觉，晨昏时序，

跑呀跑呀，直到路旁
长出棕榈，和仙人掌，
还有幽兰，馥郁芬芳，
令你迷醉，你才可以——

不，你不会歇息一下，
而是，步履轻盈地
一跃而过，如同周二，
跑呀跑呀，只管跑呀，
像头野兽，永不驻足！

张为杰 译

斑驳的幸运

无声无息地在你面前生长，倏然张开双翼，
遮天蔽日，似要在顷刻间，猛扑向你——
这一次，它只打个呵欠，而非将你生吞……
它大嚼特嚼……
咀嚼声，钻进你的脏腑，
令你备感，撕咬之疼痛，
下一次，这撕咬将将你击倒
那时你所有的事体，将现出点点斑迹，
它们剧烈碰撞，喑哑共鸣。

张为杰　译

不！现在别说

不！现在别说，压低声，
谈谈那巨大的宁静的旷远，
它是如何在亚洲腹地展延，
更好的是：你一声不吭。

不！别看向此处，去看风暴瓶，
仿佛那里面突然毫无动静，
而且要贴近细看，
更好的是：你视而不见。

安静，闭上眼，莫信
我那没有说出的语言，
为此我选出空洞的音节，
更好的是：你悄悄溜走

去往更加寂静之处。

王一帆 译

有一种责备

你如此严格，
对于事物，
对语言，
如此不留情地确切毫不通融：
你这点我喜欢。

因你所有的严格，
她可不是别的，
而是爱
与渴念和柔情：
这点我更喜欢。

王一帆　译

借酒浇愁

即使是在大洋的另外一头
海浪也不会更轻柔，
沙滩也不会更宽阔，
女人既不会更白
也不会比这里的更难伺候。

什么也别说了。
你要去开冰箱时，
给我带一瓶。
但不要那些，你听到了吗，
那些我们晚上才
放里面的。
冰箱另一头的那些啤酒，
那些更冰。你回来的时候，
什么也别说。

王一帆 译

不幸

当它最终到来，早把一切
斟酌了商量了上千次，
你是这样频繁地因恐惧躲藏，
为了那不幸时刻深思熟虑，

而此刻，当情况真的危急，颈上血管的搏动
都来不及提醒你，原始的自然之力
如何将你攫住。一颗玻璃心，冰冷，
你的行事，打破了你之前的承诺，

除此之外你只是继续生活下去。直到几周后，
你注意到一声轻轻的悲叹，它不停歇，
钻入你耳中。可隔壁房间已空，

你终于察觉，是你自己发出这
极细微的声音，你的心突然变得
沉重，直到这个瞬间，它才破碎。

王一帆 译

有何对策（♀）

——女性友人们的建议

早起然后出门，

凝视水面，

嗅咖啡豆，

涂指甲油，

去做头发

另外还有：哭泣，热水袋，重生。

有时管用：

大量倾诉，

换个医生，

穿上长筒丝袜，

把去年的巧克力圣诞老人吃掉，

选择性地在道别时说：拜托，

您别再给我打电话了。

毫不管用：

励志的话，

疯狂购物，

甘菊茶，茴香茶，绿茶，

最不管用的是：打定主意，

与陌生男人调情。

但最后很可能

所有方法都有点用，

即便作用都不大，

时效总是很短。

王一帆　译

回旋曲

无话可说。我们沉默，
庞大的暗色的鱼儿们自黑夜游来，
鱼鳍缤纷，在眼中
无声地询问那光束，那光束恰好
如此火热如此忽然晃朗照进
照透它们朦胧迷离的生命
几乎闪烁着擦过那片蔚蓝的——
那一瞬间到处被点燃的色彩
在它们身上，在它们的同类上，甚至在水中

明灿灿亮闪闪
又颤巍巍光忽暗
星荧荧灯煌煌

滑向更加深不见底的大海，
连鱼类也无法忍受的所在……
无话可说。我们沉默。

王
一
帆

译

结算

最终什么也没留下，除了些小东西

和零碎的话语，手势，匆匆一瞥

一些倒霉事，还有

对一位朋友的回忆，当你按门铃，

他定会一跃而起，还有一片灰色的海滩

没有落日，留下的还有

错过的列车和破碎的窗玻璃，

一个来自遥远国度的手雕动物，

一位姑娘为你捡拾的贝壳，

最后留下的有……一切都杂乱无章而且总是

平平无奇，正如你的理智

会阻止你——省省那些无聊的废话，

不要让霉运变得更倒霉！

到此为止吧，没有如果和但是。

王一帆 译

余下的话

不再贪求，

不再企盼和忧惧，

只还在过去与未来的交点之上

自在地坐着并且

变得心安理得，

善良，但并不是傻瓜，

平和，但并不乏味，

放松，但并不无聊

最后只用观赏，

就能尝到草莓的鲜美，

想着一片新割过的草地，

就能嗅到它的气息，

接着，经过几年的准备，

不管有没有斋戒，

只要全神贯注

就能把家附近的小湖

一口喝干，这就成了。

王一帆　译

第五章 远东之诗

"遥远东方，咫尺天涯"

稻田里的农夫

皇帝运河大堤后

稻田里的那位农夫在牵挂什么？

是否有一位大鼻子诗人

在报纸的边角用诗句，

（他连报纸也看不懂）

将一百零八种忧愁

倾诉给湍急的水流？

没有什么事让他牵肠挂肚，

除了那云彩的影子，

开裂的茶壶盖子，

那疼痛的牙齿（左下方），

那正在死去的堂兄

还有昨晚的女人

她可爱的倒影

在每一株秧苗后冲他笑，

这是稻田里的那位农夫心里牵挂着的事。

邵梦琪　译

梦见母亲

老挝梦夸

睡梦中她很年轻，

几乎还是个女孩，

没有皱纹、无忧无虑，

我们并排走，我们谈话

和欢笑

突然她的额头发黑，

然后是鼻子，

我们继续走，

她的下巴，

最后是整张脸，变黑。

她继续说话、欢笑，

似乎什么也没有发生，

但我知道，事情已经发生，

心下惊惶，醒来——

我坐在床上，知道，
她要死了。

一天之后，
我接到了电话。

胡
蔚
译

樱花节

来自孟安赫的讲述

在樱花树下饮酒，

忘却了时节。

我把鞋子

扔上了树梢。

樱花如雪翩然飘落。

鞋子却未落下。

我们协力摇晃树干。

我们的身上开满樱花

一整日。

邵梦琪 译

雾

渴望与你做朋友的……

或许就像朝鲜群岛中

渺小的一个岛

不过是

远方大海里一块

褶皱的岩石

涨潮时

上面有一棵

被台风摇落枝叶

压弯脊梁

匍匐在地的

松树

和你

头顶没有天穹

更没有鸟

前后左右

唯有千丈高

万丈远的

雾

他多么渴望与你做朋友

而

松树

一定也想

张
楚
璇

译

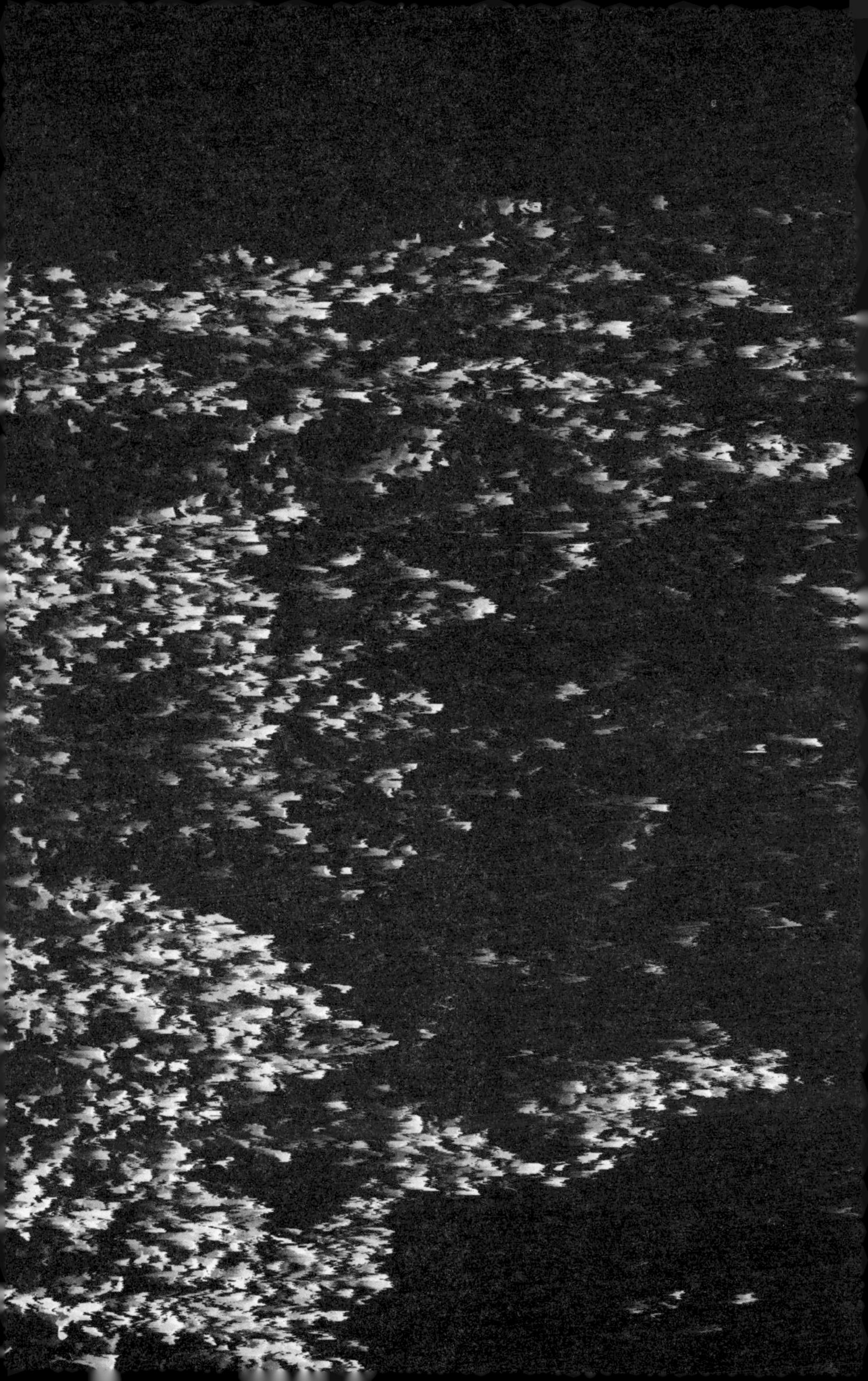

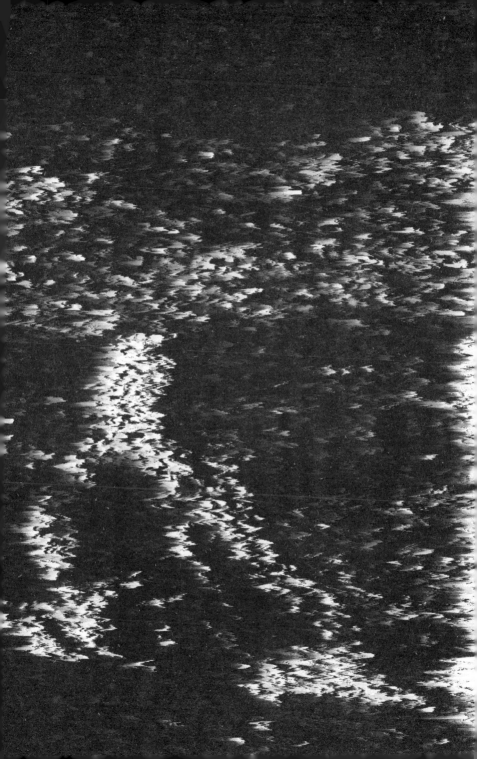

蝉的食用方法
釜山街头从一位瑞士"美食诗人"处获得

切勿长时间盯着锅内，
上百只——沸腾的深褐色汤汁——
正在锅中焖煮
切勿长时间盯着杯里，
售货员为你添满：其实
并无所谓，究竟有二十，
或者三十只，在
等候你。

别害怕，你煮了如此的久，
他们真的都已熟睡。
取一根牙签，就像你平时
拿它戳小块奶酪一样，再——戳它。
最好，瞄准这虫子的背，
这样你就不必细看，它如何
在最后一瞬的痛苦中舒展、

醒来。

你听，首先避开那些
浅色的，它们还未熟透，
只需轻轻在齿间一咬，
便溅出汁液。
取一只熟透的躺倒的
你立即就感受到，
它非常轻，躺在了
你的舌头上。

邵
梦
琪

译

秋季横行四方的虚空

朝鲜岛金刚山上
飘落的银杏叶
与吕根岛白垩岩上
山毛榉林间的落叶有何相干？

也许只有这些：黄，
寂，轻，彼此都在
黄昏斜阳的柔光中
轻颤，闪烁。

也许连这些也不是。不久之后，
白雾将在此处，也在彼方
用清脆的，无声的寒冷，
裹藏起人们在这个美丽至极的世界上
孜孜求索，至今仍试图丈量的，一切。

张楚璇 译

秋日之爱 [1]

（诗）

痴望催人倦，
胸中何故空无词？
非也，心充溢。
云卷舒展吾心语，
诗行已随秋云去。

1　原诗仿日本短歌而作，共五行，每行的音节数固定为 5-7-5-7-7，原题为《她想要一些诗句，我的心跳到了嗓子眼》，为便于读者理解，诗人将其改名为《秋日之爱》。

胡
蔚

译

鸦群 [1]

且啼且悲号，

驱鸦无非空操劳。

汝得忍煎熬。

1　原诗仿俳句而作，共三行，每行的音节数固定为 5-7-5。

胡
蔚
译

勤饮茶，行小事，亲近万物
禅师哲言

静听云的声音而
不求顿悟。

*

学会热爱表象。
没有表象，深沉是空虚的。

*

只当你不再追求幸福时，
你感到满足。

*

勿再思，

思其全。

*

静坐且观。
你本就错失许多。

Fleißig Tee trinken, das Unauffällige tun, den Dingen näher rücken

邵梦琪 译

春日之爱（梦）[1]

（短歌）

无语可传香，

无言可仿色，春梦，

了无痕？无语

端坐，织锦满地花，

照吾身透亮。

1　此诗也是一首短歌，原题为《当我在梦中，被春天征服》，诗人改名为《春日之爱（梦）》。

胡
蔚
译

步行街 [1]
大阪市难波区

夜幕初降临，
盏盏街灯遂亮起，
如诺言更新。

午夜倏忽至，
盏盏街灯悠哉尔，
次第又灭熄。

---

1 原诗为两首俳句。

胡
蔚

译

连侍者也没有出现
城市南郊的朝日蓝调酒馆

我每天从那里经过。
一只红灯笼悬在门前，
透过狭小的玻璃窗，你总能看见
四个，偶尔五个男人在吧台前，
一个也不能再多。

今晚我想要知道。
而现在我已知晓。这个酒馆散发着霉味。
食物冰凉。电视里播放着
阪神虎队的比赛。
其间插播的广告最为精彩。

多么悲伤，
在这个大都市，却孑然一身
坐在这样一间逼仄的酒馆中。
而更为悲伤的是，

知道你在世界的另一端

有着最好的陪伴。

赖雨琦　译

金边的炎热夜晚

整条街闪烁着神谕之光，
但走近观看，那些
都不过是相仿的赝品
花哨的杂物中没有神，
连魔鬼也没有，至多
只有他狞笑着的帮手。

外边鼠和人在翻垃圾堆。
里边是成团蚊蝇的寂静。
还有壁虎在唧唧发笑。

邵
梦
琪

译

雨季
東埔寨暹粒

早晨，雨
中午，雨
晚上，雨
雨
还是雨

我们坐在椰子商人的伞下
或在僧侣的庙宇废墟上，
雨水
沿着方形石块的缝隙
滴落

我们若是交上好运，
躺在了酒店床上，
吊扇的声响将会
如同雨打屋顶，啪嗒啪嗒

早晨，雨
中午，雨
晚上，雨
雨
还是雨

赖雨琦　译

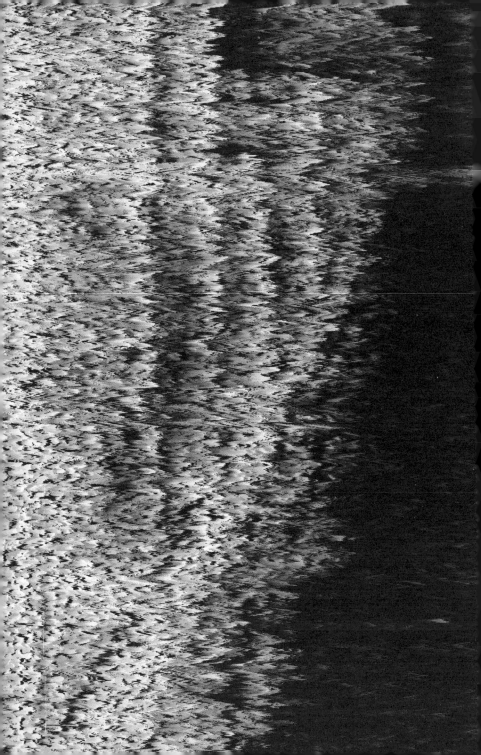

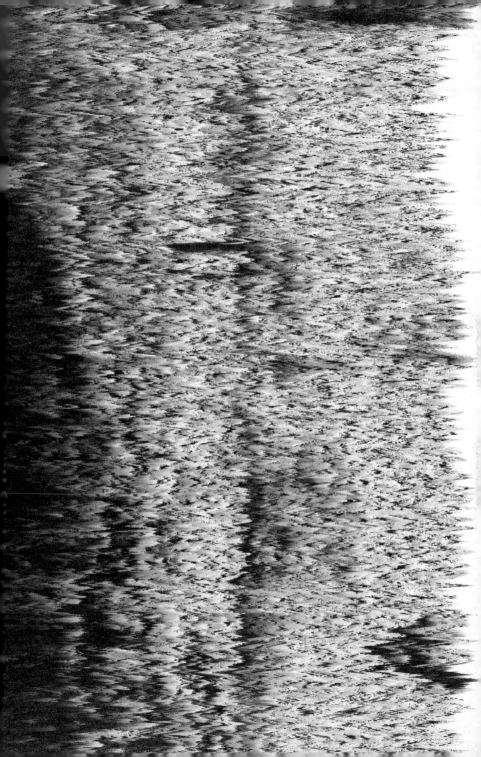

犬之协奏曲

東埔寨 拜林

深夜中，久久

在卡车隆隆驶过之后，

鸣笛声赶走了沥青路上

最后的生命征象，久久

在鸡鸣破晓之前，

在每一位僧侣以他的方式

宣告新一天的降临之前，

在深夜中，在最深的

寂静时刻，犬群

像接到命令一样开始吠叫。

一百只狗，两百，两千，

无人知晓它们的数量，

也许它们也在地平线后、在所有

云朵深垂于大地之上的地方吠叫，

仿佛只有它们已经领会，

自己在今夜、在余生，

在下一世、再下一世中，

处于何种毫无希望的境地之中。

早上，男人们在茶馆里，

啜饮着浓茶，

仿佛什么都没有发生过，

仿佛什么都不会发生，

在这一世里不会，

在下一世里更不会。

郭笑遥　译

晨于湄公河畔

老挝 东孔岛

你面前的整个世界都在雾中
直延伸到对岸
狭长的丛林上空
这水，这水自然是
棕色又性急
迎面撞上湍流

你先只听见蟋蟀
然后又是鸟声，最后
有人第一个将小舟开动，
他屡屡将马达声打响
好似要发动一辆本田，
直到终于将它开动。

此后一切再度沉入静寂
好像有什么意味深长，

而你什么都没有看见

除了流水，狭长的丛林

当然还有雾

这雾

刘
安
南

译

一旁在烤蛙
在東埔寨磅同省

有一次，一场雷雨
让我和一位女士
在瓦楞下面
待了一个晚上，
她不会阅读，也不会
写自己的名字

但她对生活的理解
比我前几周遇到的所有人
都更多。

当我说，我将
写一首关于她的诗，
她不知道，
诗是什么。

有几秒钟

我俩之间

间隔一片死寂，

只听见雨声，

雨拍打在屋顶上，

在对面摊子的雨篷上，

在离开村庄的道路上

在泥潭与田野上。

她看着我，

些许迷惑，

些许愉悦，

她笑了。

邵梦琪 译

第六章　其他

无情之夜

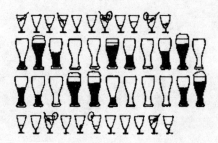

后记

自然之诗，城市之诗，爱情之诗，生活之诗[1]
——为何写诗及对诗歌的期待

我原先根本未曾想过成为作家，而希望做一名打击乐手。在我成长的慕尼黑郊区，生活有序而安逸，畅想自己将来在摇滚乐队中的生活便是很令我激动的事了。然而，十六岁时，我偏偏爱上了一个姑娘，她人见人爱，我的朋友们也被她吸引。突然间，身边不再有能倾吐心声的人，于是我悄悄开始写作——当然是写诗，而后也有一些短篇小说。写东西总能缓解我的烦恼，当恋爱的苦闷过于沉重时，你可以任自己沉醉在文字之中。一旦诗歌完成，还能带来些许抚慰。这样的状况持续了一段时间，后来我忍不住告诉最好的朋友，自己作了一些诗。他立即承认，他也干了同样的事。几天之内，我们圈子里的其他一些人也纷纷坦诚，他们或多或少都尝试过写诗。

自那时起，我们重新开始聚会。从前只是在一起踢足球的我们，现在则朗诵自己创作的诗歌。最受欢迎的聚会地点是附近的树林。偶尔有朋友从父母的酒窖中偷拿来一瓶葡萄酒（与大家同饮），有时我们则只是躺在树下，仰望夜空，凝视头顶的枝丫如

1　本文根据马蒂亚斯·波利蒂基于 2018 年 10 月 7 日在北京大学人文讲座《自然之诗与诗之自然》上发表的演讲翻译而成。

何像漆黑的裂缝一般在风中摆动。那时忧郁却又快乐的心境和那充满魔力的美妙世界，让我们深刻认识到，世间万物都无法永存，我们也终有一日会走向死亡。这道理我们早就知道，但直到那时，浸润在美酒、诗歌、友谊、自然中，我们才猛然获得了痛切的体会。

是的，我们是浪漫主义者，在我们眼中，自然是映照生命的一面奇异的明镜，它包含着我们生活中一切重大的主题，首先是爱情，随后是死亡。世界在我们心中既可怕又美好，这样的感觉至今尚未消弭。我们的诗歌主要以自然为主题，因为这样可以写尽我们平凡生活中的一切苦闷与欢乐，而不必将它们明白道出。一直以来，大自然都在为诗人提供契合的意象，诗人只需用语词对其进行摹画，以使这些意象能够在读者的脑海中重现。不过，找寻到这些意象，并尽可能以精练的话语对它进行描述绝非易事，我也是在多年后才明白了这一点。那时我写的诗，至少是我的朋友们可以或假装可以理解的，那是一切的开端。

事实上，当年我们常整晚整晚地待在树林中，有时我在最后一刻偷偷溜进家中。一进房间，便能听见隔壁卧室里的父亲起身去洗澡。那是我人生中一段非比寻常的时光，虽然我们中没有人追到那个众人都喜爱的女孩子，她也不知道我们因为她而进行着诗歌创作。我写的诗通常充斥着过多的激情，有些无病呻吟、矫揉造作，显得狂妄自大。几年后，我将它们付之一炬，因而我绝大部分的自然诗都未面世。不知何时，我的朋友都纷纷停止了诗歌创作，只有我错过了恰当的时机，于是就这样继续写到了今天：当心情不好时，我总会提笔作诗。

当然，不仅是在心情不好的时候写诗，我已经出版了八本诗集，此外还有一些独立的组诗。今年（2018年）又出版了一部诗歌全集，收录了我在过去三十年里创作的所有诗歌。直到今天，我始终相信，自己创作的每一首诗，从根本上说，都是爱情诗。这爱情的对象当然并不总是一个姑娘或一位女士！若把爱情视作一种促使我们关注世间万物的情感，爱情的苦闷完全可以由其他的原因引起，因为种种截然不同的因素都可能使这种感情蒙上阴霾、陷入危机。每个人都会有这样的苦闷，当所有的措施都对我失去效力时，便只有写诗能够帮助我疏解愁绪——进一步说，它将我倾斜的世界重新归正。我没有哪一首诗是单纯因为我自己想写或是别人想让我写而创作的，它们并非出于我自己的意愿。写诗，是因为我必须要这样做。在不必作诗的日子里，我总是很快乐，那不一定是令人愉悦的一天，但至少是不被苦涩缠绕的一天。

后来我再也没有像青年时代那样频繁地去往树林中，尽管外国人大多以为德国人离开了他们的森林便无法生活。作为浪漫主义者，我身上的浪漫特质也只剩下了一部分——虽然我内心始终是浪漫主义者，但却在生活中逐渐明白，自己不应永远这样。我到现在一直住在城里，因而大自然在我诗歌中的重要性有所下降，但它并未完全消失。在陌生的国度，我总是一次又一次地撞见壮丽的风景。它们是如此令我震撼，以至于我若不向诗歌寻求庇护，便会有灭顶之灾。

我还想再谈谈城市。那儿的日常生活也有阴暗面，借助诗歌使它的光辉重新展露，是一件挺不错的事。此时最有用的往往是一些细微之物，当主体陷入危机，可以依靠的便只有那些不起眼的小事。是的，陷入危机，我在这里再一次提起这个词。适用于自然诗的，对城市诗依然有效：如对周遭世界的爱恋以某种方式陷入危机，那我就必须要借一首诗使之恢复如常。我意识到，自己初始的心境越是悲伤，那诗歌则越显欢快，似乎单纯用图像将苦闷再现还远远不够。谁笑的声音最大，此前便哭得最轻。我常常以讽刺来结束全诗，幽默的结尾不那么容易实现。关键是，我可以借此勇敢地直面烦恼。

不过，在我井井有条的日常生活中，其实不必常常如此。我幸福地成了家，从事着自己喜爱的工作——因为它让我这未能如愿成为打击乐手的人可以一直与节奏为伴，尤其，我还有一帮可以与之畅所欲言的朋友。旅途中，这一切却是另一番模样！我常常连续多月孤身一人。当我承认，我大多数的诗歌都作于旅途之中、充满了意外的他乡生活中时，没有任何人会感到惊讶。每年半数的时间我都在路上，并不总是独行，也不总是前往异域。在我陷入令人沮丧的境遇时，我还是会被烦恼侵扰。

回首往事，可以说，我只有极少数的诗歌是在书桌前写就的，大多数诗歌创作于陌生的城市，山林间、荒漠中、大海边，也就是说，常常只有以极快的速度才能将最必要的事物记下，即处于某种压力下时，才能创作诗歌。最终的成品究竟是自然诗还是城市诗，其实完全无关紧要，它总会是爱情诗，抒写爱情苦闷的诗。我已经这样度过了几十个春秋，因此，将它们汇总起来，便几乎是我的生活诗。它们就好像照片一样，描摹了我生命中无数的片段。实际上，几年前我才开始在旅行中摄影，因为在那之前，我以为拍摄照片和为文学创作记笔记无法并行。后来我才明白，其实并不是这样，我们完全可以同时用相机和言语拍照。

为了避免读者对我的工作有什么误解，我得说：我在非洲大草原上、阿拉伯集市上或攀登喜马拉雅山的途中记下的那些不过是最原始的笔记，远非诗歌的成品。诗歌的产生过程时间更长，甚至几年也不足为奇。原文常被修改得一句不留。比诗句更重要的自然是最初写作时的基调，即诗作诞生的外部压力，这也是一种内在压力。我认为，一首好诗的创作需要这种压力。否则它就和业余做做手工别无二致——可能很有趣，但并非是至关重要的。

诗歌，生于困境与激情，被不加整理地匆匆记录下来，有力、精准的词句硬生生地和陈词滥调、自怨自艾混杂在一起。为了给这样的记录以明晰的形式，让它成为一首诗歌，诗人需要以"冷峻的目光"，保持时间与情感上的距离，一而再，再而三地去打量它。最开始写诗的时候，我就在树林里向我的朋友们朗读，他们不仅倾听、赞赏，还提出各种修改意见。每一首诗都有修改的空间，哪怕你刚写完初稿就深信惊世巨作已然诞生。

初稿仅仅是为自己写的；此后一遍遍地修改则是为了更广大的读者群体。从一开始写诗时起，我就是这个世界上所剩不多的浪漫主义者，我只在满腔情感无人倾诉的时候写诗。但在那时，我便已开始期待有一刻，能将我的诗朗读给什么人听，不仅是和我一起躺在树林里的伙伴们，也是能满怀希冀地伴我一生，做我的倾听者的人——我的妻子、我的编辑、我的出版商。当我的诗歌被充分修改、得以出版后，我的读者和朗诵会上听我读诗的人也都包含在内。

　　我演讲的副标题是"为何写诗及对诗歌的期待"，而我在第二部分谈及的正是：我写一首诗，是为了有人能在什么时候读到它、为之触动，并分享我想表达的、潜藏在诗歌中的情感。因为他熟悉此中的情感，因为我的诗歌精准地击中了他，击中了他长久以来因找不到合适表达而不得不以沉默掩盖的部分。忽然之间，他抓住了它！他甚至将我视作真正懂他的人，尽管我们素昧平生。诗歌可以将完全陌生的人的内心紧紧相连。

　　反之亦然：我也在未来的读者中找到了懂我的人。尽管多年以后，或具体的机缘都模糊不清，但总还是有的！这种想法听上去简单，但我先得足够老，老得让我能够这么想。因为这种想法无外乎是：即使在进行写作这项世间最孤单的工作时，我们也并不是一个人！我们借助诗歌进行一段时空错位的对话，这在写作时就能使人心怀感激。如果哪首诗碰巧说出了咒语、触动了灵魂，在特定时间或从某种特定意义上（但总是存在的！）成为改变某个读者一生的礼物，那么这位读者之于那个写作时孤独幻想，事后才从他所处的社群中获得慷慨补偿的人也是一份礼物。

　　此外，读者必须被严肃地对待、平等地接受。作家不可自以为高人一等，将自己视作只为同类写作的天才人物。他不应尝试用高深莫测的表达故作神秘，置身于公众之上，不愿被人理解；憧憬着作为天选之子，因为不被理解而受人尊敬。部分抒情诗人正是因为不被读者赏识，从而塑造形象、成就事业的，他们中的幸运儿，会被文学批评家称为"实验作家"和"先锋派"。

　　我知道我在说什么，因为我在开始写作和发表初期时正是如此，而恰恰那时，我的书获得了最多的文学奖项。但实际上，我只是过于腼腆，不愿在诗歌中吐露我写作的真实原因。我把自己藏在十足扭曲的画像背后，写一些晦涩难懂的影射，把句子降格为意义模糊的声响的堆砌物。我当时少不更事，除了语言一无所有。而当年岁渐长，增添了经历，我理解了：正因为诗歌很短，所以人能在诗歌中讲述很多。我们需要的只是勇气。

相比之下，写作实验诗歌要简单得多，因为没有人能用自己的切身经历来检验作者所言是否真的精准、熨帖。实际上，先锋派不可能出错，因为一切皆有可能，没有什么是必须的。只是他们的诗歌往往结不出果实。我们作为读者，觉得它新颖有趣甚至富有开创性，但我们内心深处并不为之触动。能触动我们的只有那些以生命去讲述，渴望立即被人理解的诗歌。它们在创作之初就触及实质。显而易见的是，这并不是每一首诗在每一位读者那里都能做到的。有时需要几十年，直到删去大部分内容，才能找到那个最契合的词。因此写作不仅是一种使命，更是一种职业。

人可以一辈子写作。但我认为，人只有不仅为自己写作、更为他人写作的时候，才成为作家。之前我曾断定，写作实质上只是一种有着几百年历史的服务工作，作为服务者的作家试着尽可能出色地完成他的工作，从而使他的顾客——也就是读者——满意、幸福。

在过去的岁月里，我试着写得简单易懂些，但这并不容易。把事情搞得复杂倒是轻松得多。把一系列相互关联的意象排列成自由体诗歌，比把一首几百年前的韵文、短诗拆解开来，表达时下的生活动向简单——而且不仅表达我的个人生活，也表达我们所有人的生活。当然，我也为文学批评家的好评而欣喜，我必须承认我在这方面运气不错。但最高兴的是，我的读者告诉我或写信给我说，我的某首诗歌被挂在了他们家厨房的桌子上方。我年轻的时候就把我最喜爱的诗——如艾兴多夫、布伦塔诺、特拉克尔和霍夫曼斯塔尔的诗——钉在墙上。我只是想让它们天天陪伴我，它们对我很重要，是我生命的一部分。当我得知我的某首诗被贴在哪儿的墙上时，我又从半个浪漫主义者变成了完全的浪漫主义者，欣喜若狂。对作家而言，还有什么比这更美好的呢？是啊，这也是我写作的原因啊！

马蒂亚斯·波利蒂基

赖雨琦、邵梦琪　译

在光与万物背后

[德] 马蒂亚斯·波利蒂基 / 著

胡蔚 等 / 译

图书在版编目 (CIP) 数据

在光与万物背后 / (德) 马蒂亚斯·波利蒂基著；

胡蔚 等译 . -- 贵阳：贵州人民出版社，2020.12

ISBN 978-7-221-16097-3

I.①在… II.①马… ②胡… III.①诗集－德国－

现代 IV.①I516.25

中国版本图书馆 CIP 数据核字 (2020) 第 127944 号

The poems are part of the Work "Sämtliche Gedichte, 2017-1987" by Matthias Politycki,
published by Hoffmann und Campe Verlag (Copyright© 2018 by Hoffmann und Campe
Verlag, Hamburg).

Simplified Chinese edition © 2020 by United Sky (Beijing) New Media Co.,Ltd.

All rights reserved.

著作权合同登记号 图字:22-2020-117 号

The translation of this work was supported by a grant from the Goethe-Insitut.

选题策划	联合天际·艺术生活工作室
责任编辑	张薇
特约编辑	张雅洁　徐立子
装帧设计	@broussaille 私制
美术编辑	梁全新

出 版 人	王旭
出　　版	贵州出版集团　贵州人民出版社
发　　行	未读（天津）文化传媒有限公司
地　　址	贵州省贵阳市观山湖区会展东路 SOHO 公寓 A 座
邮　　编	550081
电　　话	0851-86820345
网　　址	http://www.gzpg.com.cn
印　　刷	北京联兴盛业印刷股份有限公司
经　　销	新华书店
开　　本	889 毫米 ×1194 毫米 1/32　5.75 印张
版　　次	2020 年 12 月第 1 版　2020 年 12 月第 1 次印刷
I S B N	978-7-221-16097-3
定　　价	65.00 元

未读 CLUB
会员服务平台